저녁은 안녕이란 인사를 하지 않는다

파란시선 0039 저녁은 안녕이란 인사를 하지 않는다

1판 1쇄 펴낸날 2019년 8월 20일
지은이 신정민
디자인 최선영
인쇄인 (주)두경 정지오
펴낸이 채상우
펴낸곳 (주)함께하는출판그룹파란
등록번호 제2015-000068호
등록일자 2015년 9월 15일
주소 (10387) 경기도 고양시 일산서구 중앙로 1455 대우시티프라자 B1 202호
전화 031-919-4288
팩스 031-919-4287
모바일팩스 0504-441-3439
이메일 bookparan2015@hanmail.net

ⓒ 신정민, 2019, printed in Seoul, Korea

ISBN 979-11-87756-45-3 04810
      979-11-956331-0-4 04810 (세트)

값 10,000원

*이 책의 국립중앙도서관 출판예정도서목록(CIP)은 서지정보유통지원시스템 홈페이지
 (http://seoji.nl.go.kr)와 국가자료공동목록시스템(http://www.nl.go.kr/kolisnet)
 에서 이용하실 수 있습니다.(CIP 제어번호: CIP2019030008)
*본 도서는 2019년 부산광역시, 부산문화재단 지역문화예술특성화지원사업으로 지원을
 받았습니다. 부산광역시 BUSAN METROPOLITAN CITY 부산문화재단 BUSAN CULTURAL FOUNDATION

저녁은 안녕이란 인사를 하지 않는다

신정민 시집

완행버스를 탔다 목적지까지 가는 몇 개의 정류장에서 사람들이 타
고 내렸다 버스가 멈출 때마다 창문에 흰 손수건을 기대어 놓고 오
래도록 졸고 있는 소년의 뒷모습을 바라보았다 졸음은 소년을 깨울
수 있을까

사람만 한 풍경이 없었다

차례

제2부

제3부

제4부

해설

제1부

정돈된 과거

엄마가 나를 낳고 있다

문풍지 구멍 속
산파에 가려 언뜻언뜻
나를 밀어내는 엄마의 힘이 보인다

좁은 마루에 앉아
처음 느낀 감정에 집중하고 있는데
혼자가 된 홀가분한 기분 즐기고 싶은데

탄생이 사이를 연다

울어야 한다고 그래야 산다고
엉덩이를 쳐들고 자꾸만 때린다

언뜻, 은 오래 들여다본 순간

태생 고집 강보에 말려 윗목으로 밀릴 때
내 기분 내 멋대로 부려선 안 된다는 걸 알았다

나 대신에
진통 끝난 엄마가 울자
나에게 보내는 어쩔 수 없는 눈빛

조금 더 자란 내게 죽은 동생이 생겼다

육촌

참나무와 나는 먼 친척 간이다

구름이 해를 가리기만 해도 날갯짓을 멈추는 아르고스 나비와 해가 움직이는 방향으로 타원형 자취를 남기는 경단 고둥의 관계쯤 된다

고둥이 언제 그 자리를 지나갔는지 해의 각도를 계산할 수 있다는 생물학자와 아라비아 사막에서 오백 년 혹은 육백 년마다 새로 향나무를 쌓아 올려 타 죽고 그 재 속에서 다시 살아나는 향나무와의 관계쯤 된다

자신이 버린 것에서 살아갈 자양분을 얻는 숲, 살기 위해 그늘을 만드는 나무들과의 혈연 숲을 걷는 것이 까닭 없이 좋은 건 그래서다

여섯 사람만 건너 알면 우린 다 아는 사이, 졸참 갈참 졸갈참보다 조금 더 멀 뿐 볕을 향해 가지를 뻗는 피붙이 너와 나는

굴참나무와 양버즘나무의 관계쯤 된다

흐린 날의 종족

날이 흐리면
배 속의 장기들이 보고 싶어

잔뜩 웅크린 자세를 취하고
울음이라는 장기가 보일 때까지
생각 없는 생각들을 하나씩 들춰 보고 싶어

발견된 운석이고 싶은 쓸개와
하염없는 깃털을 꿈꾸는 허파를 만나

우울한 기분 어딘가에 물갈퀴 만들어
빗방울의 투신 받아 내고 있는 호수에 살자 하고 싶어

저녁 가득 번진 개구리밥을 밀며 가는
물거품같이 그림자같이 이슬같이 번갯불같이

간이나 콩팥 뭐 이런 식의 닉네임을 달고서
그만 잊기로 한 사람에게 달려가 그리워해도 괜찮겠
냐고
물어보고 싶어

아픈 곳이 이끄는 대로 달려가

우린 서로의 간절한 기회였다고 마지막 인사를 하고
싶어

밤은 몇 개의 수조를 거쳐 아침이 되는가

울창한 향나무 담장을 가진 하수종말처리장

커다란 수조들 앞에 말뚝처럼 서서
나는 어느 수조에 가라앉은 침전물로 빚어졌을까 생각한다

윗물로 흘러넘치고 있는 시간들
더러운 결과를 남기고 깨끗해진 시간들

나의 밤은
머리맡에 켜 놓은 스탠드 불빛과
새벽 숲 손전등이 비춰 준 쟁반만 한 크기의 둥근 수조뿐

도시의 모든 화장실 구석에서 돌고 있는 환풍기 소리

견학 올 아이들이 들여다볼 마지막 코스에
물고기를 풀어놓으려고 새벽은 오고

내가 버린 것에서 나는 악취를 견디지 못한 나는 오늘

도 구청 민원실에 전화를 걸 것이다

바이올린 켜는 염소

　사해 절벽 한 동굴에서 본 낡은 방석은 수행자가 돌아오지 않을 것이라는 분명한 증거였다 하산한 그가 양을 키우고 있을지 염소를 키우고 있을지 쓸데없이 궁금했으나 알 길이 없었다

　양과 염소는 자주 헷갈린다 양 무리에 염소를 한 마리 넣어 주면 길을 잃지 않는다는 목동의 얘기를 들은 적 있다 내가 키우는 양들은 양치기 개 없이 다루기 힘들었다 염소가 한 마리만 있었으면 싶었다 양과 염소가 헷갈리는 나는 양 떼 사이에 양을 넣어 주곤 했다 염소를 키우고 있었는지도 모른다 한번은 남의 염소를 양인 줄 알고 몰다 도둑으로 몰릴 뻔했다 한 마리 잃어버린 양을 찾아 나섰다는 신은 신이니까 양인지 염소인지 헷갈리지 않으셨을 것이다 양은 양이고 염소는 염소였다 양과 염소가 헷갈리는 건 양도 모르고 염소도 모르는 것이었다 말을 잘 들으면 양이고 말을 잘 듣지 않으면 염소였다 천사는 양에 비유되고 악마는 염소에 비유되었다 한 끗 차이라는데 악마도 천사 출신이라는데 사탄의 뿔을 키우는 것도 아니었는데 까칠까칠한 혓바닥으로 죄인의 발바닥을 핥는 고대 로마의 형벌에 참여하기도 했다 소금을 핥았을 뿐인데 간지럼

의 정도를 넘어 참을 수 없는 고통을 주었다고 죄인을 죽인 건 고통이었는데 자리에서 일어나 어디론가 가 버린 수행자 염소의 유혹을 받았다면 그건 아마도 모든 권세와 영광이 아니라 그의 유일한 재산인 고독을 건드렸을 것이다

분명은 아주 잠시

재즈 음악을 종일 틀어 주는 카페에서
진열용 흰 토스터기를 어떻게 훔칠 수 있을까 생각했다

약속된 곳에서
아무것도 없다는 불확실에서 오고 있는 너를
기다리고 있었다 너는 오고 있었고 네가 오고 있어서

우리 사이에 있는 거리에 충실하기 위해 풍경은
되도록 멀리 있었다 가까워지고 있는 힘으로 멀어지
면서

설마 했던 결말이
안개가 지독한 도시에서 만들어졌다는 낭만과 함께
오고 있었다

돼지 막창집 화장실 거울 속에서 싸구려 보석처럼 반
짝이는 눈물을 바라보며 사랑은 생각보다 큰 유령선이었
다고

선수상이 푸른 쥐였던 우리들의 배는 사실처럼 침몰 중

이라고

　　너는 심장이 뛰는 방식으로 오고 있었고
　　나는 과거가 될 용기로 무장하고 있었다

　　군자란을 밀어 올린 화분같이
　　기다릴 수 없을 때까지 기다려야 하는 짧은 만남이 오
고 있었다

중간색

사생 대회가 있던 날
너는 푸른 눈의 아이를 업고 왔다

일하러 간 언니의 아이
아무 말도 안 했는데 우린 어떻게 알았을까

혀 밑에 밀어 놓은 말이
단물 빠진 껌에 자꾸만 들러붙었다

그림의 주제는 자유였다

그때 우리의 여름은 24색이었는데
동생과 같이 쓰던 12색 크레용으로는 색이 모자라
파랑과 노랑을 섞어 초록을 만들어 내곤 했다

이름 없는 꽃들이 비슷비슷 피었다

자유,
무엇이든 마음대로 그리는 것이
있는 그대로를 그리는 것보다 어려웠다

눈부신 아이의 눈동자가
철제 필통 속에서 굴러다니는 고양이 눈 구슬 같아서

세상에 없는 색으로 반짝거리는 잎들이
모두 초록일 순 없어서

시소에 앉아 있던 하늘 바라보며
어느 쪽으로도 기울지 않던 너의 눈빛과 놀다가
구름은 무얼 딛고 살까 질문만 하다가

곤란해진 자유
처음 본 그 푸른색을 위하여

핏기 없어 싫었던 흰색 크레용을
하늘에 열심히 문질렀다

도체

그는 전선 수리공이었다

구름이 돌보지 않은 사람

벼락은 어깨로 들어와 발꿈치로 빠져나갔다

그의 몸속엔 알전구 칠천 개를 열흘 동안 켤 수 있는 에
너지가 남아 있었다 미처 다 빠져나가지 못한 전류 때문
에 걸핏하면 화를 냈다

유리컵을 던지면
바닥에 닿기도 전에 깨졌다
그에게도 화를 풀 방법 하나쯤은 있어야 했다
밥상을 종종 걷어찼다

그의 그릇들은 인제든 깨질 준비가 되어 있었다

너무 많은 것이 씌어 있는 하늘을 찢고
언덕 위의 나무들을 찢어 가며 지상을 꿈꾸는 번개가
선택한 사람

잠시 환한 하늘에서 인간들의 보고서를 내던지며 싸우는 천사들의 집무실이 보였다

흉내 낼 수 없는 서명처럼 휘갈겨진 화(火)
그는 방전 중이었다

그가 몸속에 남아 있는 전류를 다 쓸 때까지 기다려 주기로 했다 털옷에 일어서는 머리카락으로 닿는 순간 아찔한 정전기로

그는 하늘과 땅을 이어 준 자다

땅으로 떨어지는 줄 알았던 번개는 구름을 치고 올라가는 것이었다

서쪽

시골 별장 정원에서 책을 읽고 있다
책으로부터 시선을 돌려 지는 해를 바라보기 전까지

빛의 출입구
세상은 일출과 일몰로 표현되었다
너와 나는 꼬리에 눈이 있는 뱀 그러니까 끊임없다는
말은
어느 쪽으로 가든 신을 만날 수 없었다

서쪽은 서쪽이 어느 쪽인지도 모르면서 우기는 서쪽
이었다

오로지 한길 걸어왔으나 신을 만나지 못한 너는
죽음을 귀찮게 하는 독서를 즐겼다
살아 있는 것을 성가시게 구는 살아 있는 것들이 좋았다

오일 램프 유리구에 묻어 있는 그을음같이
구슬치기에 필요했던 어릴 적 흙구덩이같이

동쪽의 이상향이 서쪽에 있어 서쪽의 이상향은 동쪽에

있었다

　죽어 가는 개의 눈빛에서 발견된 나침반에 서쪽으로 가
는 기차의 역방향 티켓 다른 목적지를 가진 사랑이 있었다

　해가 진다는 약점에도 불구하고 서쪽이 서쪽인 서른 가
지 이유 중 으뜸은 자신의 방향을 따지지 않는 것이었다

사람이 벚나무 속으로 들어가는 것을 보았다

사람들은 저마다 다른 세계로 가는 통로가 있다

성체조배 하러 가는 길

온몸에 황금을 칠한 어둠 속에서 찢긴 잠의 절단면을 걷
고 있던 사람 하나가 벚나무 속으로 들어가는 것을 보았다

그에겐 그 벚나무 어딘가에 아름다운 나라가 있었던
것이다

셀 수 없는 꽃잎이 되려고

그가 걸어 들어간 벚나무 아래서
내 안에 내리고 있는 새벽 빗소리를 들었다

질 나쁜 종이에 연필심 긁히는 소리

전국의 벚꽃 개화 시기가 조금씩 달랐던 건 사람들이 집
을 떠난 시간이 달랐기 때문이다

내가 죽어도 가로수로 서 있을 사람
혹여 누군가 활과 화살을 만들기 위해 이 나무를 베어
낸다 할지라도

바람에 흩날리는 우수
누구에게나 한 번쯤 있었던 화려한 시절

짧아서 아름다웠던 생
바구니를 메고 있는 새벽이 벗나무에서 빠져나오고 있
었다

봉투-옷 혹은 육체-자루

안녕이란 말에는 생각보다 깊은 뜻이 있다

혼자선 아무것도 할 수 없는 그에게 옷을 갈아입힐 적마
다 앉은뱅이 고모에게 진 빚을 갚는 느낌이다

산후조리하다 맞은 침 때문에 평생 앉아서 살게 된 열
아홉

절망에 생김새가 있다면
문병 온 친구가 주머니에 찔러 준 흰 봉투같이 생겼을
것이다

하룻밤만 자고 나면
어디가 어떻게 아픈지 다 아는 사이
비밀 하나쯤 지키겠다는 듯 치는 커튼 그 안에서

이승과 저승 사이에서

곡식 여물지 않을까 봐
논농사 곁에 가로등 세우지 않듯

불 끄고 돌아눕는 것 그것이 안녕이다

잘 자라는 인사 대신
갈아입을 옷 챙겼느냐 실없이 물어 주는 것

문 열면 환한 냉장고의 불빛 같고 다 먹지 못할 간식에
붙여 놓은 번호 같은 안녕

감탄할 수밖에 없는 죽음
커튼 치고 연습해 보는 것 같아서

너를 사랑했다는 것이 아무래도 거짓말이었나 봐
지우게 될 문자를 써 놓고 들여다보는 간병사의 저녁

저녁은 안녕이란 인사를 하지 않는다

아테나 콤플렉스

확실한 어머니
불확실한 아버지

판도라 상자는 이빨 달린 자궁
자궁에서 자비가 나온다

거리의 높은 건물들은 모두 남근
아버지의 어원이 남근이므로

죽음을 결정하는 학문들

우리의 파파
방탕한 자비의 수상한 아버지
모든 문제는 아버지로부터

없는 아담 없는 이브

신, 구약 중간사를 전공한 신부님 서품 노트에
진리가 너희를 자유케 하리라 쓰여 있다
유학 시절 얘기가 반인 신부님 강의 시간에 반은 졸았다

오빠는 아빠라는 이름의 위기

수상하나 짓밟아선 안 되는 아버지
바다처럼 세 개의 인격을 가진 어머니

아버지를 찾아
어머니의 이름을 바꿔야 한다

불의 이웃

그릇을 뺐다고 연락이 와서
장작 가마 속에 들어앉아 땀을 빼게 되었다

흘러내리는 유약 위에
흘러내리지 않으려는 유약을 바른 토끼 귀 털 문양 그릇
나는 땀 흘리는 그릇이었다

불가마 뒤안에 버려진 파편들
깨지기 위해 만들어지는 그릇 중의 으뜸은 사람이었다

불똥이 튈 때
목 긴 화병 옆구리에 작은 찻잔 하나가 날아가 박혔다

실패하지 않는 우연은
성공작을 위해 눈에 잘 띄는 곳에 진열될 것이다

아무도 그려 주지 못한 무늬를 갖기 위해 받들었던 균
열들
땀구멍을 통해 투명한 무늬로 빠져나왔다

도공의 손을 빌려 깨지기로 한 그릇들

원하는 꼴이 아닌 사람들이야말로 꼭 필요한 낭비였다

제2부

신(新) 지옥도

만차를 알리는 경고등이 깜박인다

나선형으로 깊어지는 백화점 주차장에서
다시 한 층 아래로 내려간다

나를 발견하기 좋은 지하
어둠이 거칠고 사납다던 말은 모두 옛말이다

벽면이 풀어내는 회전
광대한 맨홀 속에서 언제나 힘든 지금이 확인된다

오늘은 우리의 어제를 이해하는 천국
빚을 탕감받은 죄수들이 풀려나오는 성 금요일의 백
화점

현실에 있다는 지옥문이
정문에서 돌고 있는 거대한 회전문은 아닐까

시계도 없고 창문도 없는 이곳에서
욕망을 위해 돌고 도는 내 죄는 몇 층까지 내려가야 할까

5구역

은밀한 데이트 장소로 공동묘지만 한 곳이 없다

죽은 자는 말이 없기 때문이다

후회와 함께 시작된 사랑은 묘역을 오래도록 바라보는
일

곁에 있어 들을 수 없었던 속삭임이 있었다

묻힌 곳에 머물지 않는다는 죽음의 트럼펫 소리

누군가 오래도록 데니보이를 연습하고 있다

말이 필요 없는 데이트

모르는 자의 무덤 앞에 조화를 바치는 햇살들

인생은 요약되지 않아서 어려웠다

우리는 결국 모르는 사이

잊지 못할까 봐

잊는 법을 배울 수 있는 최적의 장소에서 종종 만나곤
했다

나무 자세

나도 한번은 나무였으니

외발로 선다
신문지 놀이를 하는 아이들처럼

불의 양식
불씨인 듯 심장이 뛰었다

나뭇가지를 세워 놓고 주문을 외워 남자와 여자를 만들
었다는 인디언들과 나무로 만든 남자와 여자에게 영을 불
어넣고 있는 스칸디나비아의 오래된 전설 혼자인 걸 알았
을 때 그 슬픔이 얼마나 컸던지 외로움을 견디지 못한 신
들이 나무를 아내로 받아들였다는 이야기가 문득문득 지
나갔다

바라보기 위하여 선택한 티끌 한 점이
두 그루 나무 사이에서 빛나는 태양처럼 눈부셨다

촛불처럼 흔들렸다

단 하나의 자세로
어두운 방을 채우려는 나를
저 홀로 타올랐다 꺼졌다 하는 고양이의 눈빛이

나를 흔들었다

정전

*

태생 맹인 소녀에게
활짝 핀 칸나를 보여 주려고

꽃잎들의 합선
누브지 위의 요철들
손끝으로 짚어 읽는 칸나

너의 붉은 칸나를 나도 볼 수 있을까

의자 딛고 올라서
신발장 뒤편 두꺼비집 스위치 더듬거리다
밝은 계산에 대해 생각한다

*

암흑은 보는 자들의 눈에만 보여

*

"빨강, 하면 무엇이 떠오르니"
"빨강색, 하면 피가 생각나요 그래서 무서워요"
"피가 빨강색이란 건 어떻게 알았니"
"책에서 읽었어요"

*

점판 속에 있는 여섯 개의 점을 찍어 글을 쓴다
나는 오른쪽에서 왼쪽으로 쓰고 너는 왼쪽에서 오른쪽
으로 읽는다

많은 것을 볼수록 점점 더 초라해졌으니
눈이 다 멀기 전에 가슴속에 집어넣을 사물을 골라야
겠다

누구의 눈에도 보이지 않고
어떤 욕망에도 더럽혀지지 않는 그것
단 한 번도 생각해 보지 못한 모습이어서 보여 줄 수
가 없다

*

혼자만의 빨강이 갖고 싶었다
크레용 중에 제일 먼저 닳았다

늦잠 자는 빨강
밥 같이 먹자 부르는 빨강
숙제는 다했니 확인하는 빨강

다 보아서
더 이상 볼 게 없어서

월광 소나타가 초연되던 밤
방에 모여 있던 사람들이 모두 울었다고 전해 준 것도
바로 빨강이었다

너의 빨강은 내가 알고 있는 빨강이 아니어서
겁 많은 개처럼 짖는 빨강은 미안하다는 쉬운 말이 제
일 힘들었다

부재를 대신해 준 빨강의 안주머니
　　　　빨강의 머리카락
　　　　빨강의 우편 봉투
　　　　빨강의 동전 지갑
　　　　빨강의 샤프펜슬
　　　　빨강의 사과 주스

여기에도 저기에도 거기에도 빨강이 있다
여기에도 저기에도 거기에도 빨강은 없다

'도대체 어쩌란 말이야'
있어서 없는 빨강이 없어서 있는 빨강에게 눈을 흘긴다

잃어버린 만년필 속에 들어 있는 까마귀의 눈물

바나나에 꼭꼭 숨어 있는 빨강
아귀의 입술에서 발광하는 빨강
열 개의 손가락 열 개의 발가락이 징그러운 빨강

*

애야, 사랑한다는 말을 믿어선 안 된단다
짧든 길든 사람 사는 이야기는 똑같은 줄거리로 요약
된단다

깔때기 모양의 지옥도를 설명하는 불문학 교수의 머리
카락 역시 빨강
오전 오후같이 짝이 없는 빨강

*

죽음 연습
구름 연습
말풍선 연습

늘어진 전선에 거꾸로 매달려 있는 핏방울 빨강의 정
수리에 몰려 있는 검은 피 밀밭의 붉은 까마귀들 어느 날
문득 첨탑에 앉아 있는 사냥감 빨강은 까마귀처럼 울고

나를 이야기하려고 머뭇거리는 빨강은 흰 샌들을 신고 다닌다

순순히 어둠의 문턱을 넘지 않는 빨강
아무 일에나 슬퍼하는 나쁜 습관은 예쁜 꽃 장식이 놓인 젤리처럼 말랑말랑하다

*

외로이/친구들도 없이/혼자/교실에 남겨져 있는/소녀/그런 소녀의/외로운/한 줄기 밝게 빛나는/손이 잡아 준다/그 애가/어디에 가든 따라오고/심심해하면 안아 주는/맑게 빛나는/또 하나의 친구/말도 할 수 없고/들을 수도 없지만/빛으로/그 소녀와 이야기한다

*

오래된 항아리, 빛은
커튼 뒤에 숨어 있어도 보였다

어느 쪽으로 기울어질까

다 먹지 않고 남겨 둔 빨강에서 딸기 향이 난다

*

물고기를 키우지 않는 수조를 위해 수리공을 부르는
빨강

기다릴 때, 기다릴 게 없어 분명해진 빨강

단순하고

수줍고

과묵한

너의 두 눈에서 시작된 빨강

눈이란 얼마나 보잘것없는 존재인가

보아서

다 보아서

더 이상 볼 게 없어서

태어날 때부터 아무것도 보지 않기로 한 너에게

활짝 핀 칸나를 보여 주려고

●외로이/친구들도 없이/(중략)/빛으로/그 소녀와 이야기한다: 태생 맹인
소녀 시현이의 시 「햇빛의 포옹」.
●눈이란 얼마나 보잘것없는 존재인가: 보르헤스.

요요

밤은 젖은 머리를 길게 빗어 내리고 있었다

*

어릴 적 단층집을 생각하며 광복동 거리를 거닐고 있었다. 폐업한 가게들을 들여다보며 건물 밖으로 돌출되어 있는 발코니보다 홀가분해진 속이 마음에 들었다. 상체만 남아 있는 마네킹이 있었고 벽면에 세워 둔 나선형 철제 계단이 감기고 있었다.

*

어릴 적 단층집에 모인 사람들은 모두 비키니만 입고 있었다. 덥다고 했다. 서로에게서 사라지지 못한 사람들. 죄책감이라곤 찾아볼 수 없는 생존자들. 연락도 없이 찾아온 자들이 잠시 불편했지만 옷차림에 신경 쓰지 않아서 곧 편해질 수 있었다.

*

54

어릴 적 단층집의 그들은 가져온 마대 자루를 쏟았다. 냉동 물고기들이 쏟아졌다. 선물이었다. 내가 고른 생선은 흰 비늘 탓에 굳이 알고 싶지 않았던 속이 보이지 않았다. 머리와 꼬리가 없는 가운데 토막들. 다른 사람이 모두 골라 가도록 두었다

*

어릴 적 단층집에서 나는 여럿이 되었다. 내가 내게 언제 합류했는지 중요치 않았다. 우린 다만 꿈속을 함께 걷고 있었다. 광복동 밤거리의 검은 머릿결을 스치듯 걸었다. 한때 파도였던 어둠이 쉼 없이 들이닥쳤다. 눈 감고 젖는 게 나았다.

*

어릴 적 단층집이 내게 외쳤다. '쇄골에 바닷물이 남아 있어.'

*

파도의 힘이 얼마나 세던지 감당하기에 벅찼다. 기록으로 남기고 싶었으나 때마침 카메라가 없었다. 꾸며 낸 카메라가 생기자 메모리칩이 없었다. 아무것도 남길 수 없게 되었으니 계속해서 셔터를 눌렀다 젖은 밤의 머릿결이 흘러내리고 있었다

오늘의 메뉴

들포도를 따 먹느라
다가오는 늑대를 보지 못한 선조가 있어
끼니때마다 뭘 먹을까 고민이다

양고기 냄새가 나지 않는 양고기 요리가 싫은 건 소리 없이 다가왔던 늑대의 피가 내게 흐르고 있어서다 질긴 양고기를 먹은 날 밤에는 발 디딜 틈 없이 양들이 들어차 있는 유령선 꿈을 꾸었고 똑같은 꿈속에서 배가 흔들릴 때마다 적재함 속의 양들은 엄청난 무게로 서로를 짓눌렀고 단 하나의 자세로 서로를 밀고 당기다 움직일 수 없음을 견디지 못한 몇몇 양들은 아침이 오기 전에 죽어 바다에 던져졌고 그 사실을 감추려고 바다는 더욱더 출렁거렸고 죽은 양들을 바다에 버리는 작업 인부는 나의 아버지였고 사냥을 하지 않아도 되는 나의 늑대들은 같은 운명을 가진 사람에게만 보였고 높은 운명을 가진 사람에게만 잡혔고 늑대의 시간에 맞춰 움직이는 사냥꾼의 피 포식자를 피해 작아지기로 한 짐승들의 기록들 또한 내게 있어 나는 오늘도 무얼 먹을까 너무 많은 메뉴들 피의 취향에 맞춰 끼니를 사냥하러 다닌다

당나귀의 권리

인권
개미유충권
민들레홀씨권처럼
당나귀에게도 당나귀의 권리가 있다

1917년 초겨울 인도에서 8마리의 당나귀가 4일 간 교
도소에 수감되었다가 풀려났다 인도 북부의 한 교도소는
교도소 앞에 있는 800만 원 상당의 꽃과 나무를 당나귀
들이 먹어 치웠다는 혐의로 그들을 가두었다 잃어버린 당
나귀를 찾아다닌 주인은 벌금 50만 루피를 낼 수 없었다

꽃나무를 뜯어 먹어선 안 된다는 푯말도 없었거니와 야
성을 풀어 키운 주인의 가축 방식은 문제 삼지 않고 좁아
터진 감방에 나흘씩이나 굶어 가며 갇혀 있었던 건 억울한
일이다 해외 토픽에 나가 세계적으로 웃음거리가 된 한바
탕 해프닝은 백 년이 지난 지금도 사람들 입에 오르내린다

수컷은 잭 암컷은 제니라는 버젓한 이름도 있는데 예수
탄생을 지켜본 자랑스러운 선조들도 있는데 말보다 오래
살고 지구력도 자생력도 말보다 월등한데 몸집 작고 볼품

없다고 실수 연발 사고뭉치 캐릭터로 살아가야 하는 당나
귀들의 권리는 어디서 어떻게 찾을 수 있을까

그림씨에게

철거 중인 집에서 벽돌로 막아 버린 문이 나타났다

유년의 암실
곧 허물어질 문에 손잡이 하나 달아 주고 싶었다

쇠붙이라면 뭐든 척척 만들어 준다는 철공소의 무뚝뚝
한 그림씨라면 만들어 줄 것 같았다

비극처럼 엇비슷한 모종삽 검은 혓바닥을 한껏 내민 그
의 꽃삽들 만지작거리며 사시사철 피고 지는 추억은 꽃처
럼 죽은 비유가 잘 어울린다 생각했다

어릴 적 집에 대한 그리움
아름답다는 무책임해서 싫고 보고 싶다는 상투적이어
서 싫었다 벽이 된 유년의 비애와 잘 어울리는 손잡이는
어떻게 생겼을까

무쇠로 만든 귀 무쇠로 만든 눈 무쇠로 만든 입
수천 개의 얼굴 모두 굳게 닫혀 있는 문이었으니

다 허물어지기 전에
열려 있는 꾸밈말 하나 만들어 주고 싶었다

기념품

야크의 방울
현관 경첩에 매달려 운다

방울이 울릴 때마다
산소가 많은 곳으로 내려오면 죽는다는 짐승
문 앞에 서 있다

내려가는 것만이 약이었던 고산병
그가 사는 곳에서 나는 죽을 것 같았고 내가 사는 곳에
서 그는 죽을 것 같았다

서로, 라는 말은 뜻하지 않은 곳에 머무는 것이었고 도
무지 익숙해지지 않는 일도 있다는 것이었다

이번 생은 어느 신의 기념품일까
외롭지 않으려고 사귀었던 친구들에게 사과를 해야 할
거 같다

미안해,
이렇게 쉬운 말을 좀처럼 할 줄 몰랐다

위로인 듯 흔들려

마음도 내 것 아니었다고

샹그릴라 롯지 삐그덕거리던 나무 계단 아래 묻어 둔

이름

까막눈 목동 대신 불경 읽는 바람

비로소 반짝이는 북극성 보고 집 떠난 식구들 찾아올까

계단밭도 한 해는 쉬어야지

설산 비탈에서 젖은 머리 말리던 여자의 붉은 다후다 원

피스 자꾸만 눈에 밟혀

방목 중인 생(生)이 다음 다음 운다

다나카는 다나카답게 다나카인데

　칭기즈칸이 집에 나타난 것은 새해가 되고 얼마 지나지 않은 어느 일요일이었다 자신을 윌리엄이라고 소개했다 황갈색 피부와 둥글납작한 얼굴 찢어진 눈과 납작한 코를 가진 박정수

　윌리엄은 윌리엄이 되기 전에 박정수였다 스코틀랜드계 미국인의 이름을 가진 전쟁고아 자, 이제부터 너는 윌리엄이야 처음 본 어머니가 정해 준 이름 윌리엄은 윌리엄이면서 윌리엄이 아니었다

　나는 왜 윌리엄인가 이름 불릴 때마다 박정수이면서 동시에 칭기즈칸인가 이름은 나를 위해 무슨 일을 해 줄 수 있나 칭기즈칸과 윌리엄과 박정수는 서로에게서 점점 멀어졌다

　차라리 이름 없는 사람이 되고 싶었다

　가는 곳마다 이름이 생겼다 전쟁은 벌써 끝났는데 보호 관찰자가 따라다니는 윌리엄은 탈영병이면서 부랑아 미국도 한국도 아닌 제3국에서 나만을 위한 적당한 이름을

64

직접 짓고 사는 게 유일한 꿈이었다

통성명을 마친 뒤로 칭기즈칸은 누구에게도 불리지 않
았다 이름 없이도 앞날에 대한 대화는 충분했기 때문이다

● 홋타 요시에,「이름을 깎는 청년」중에서.

모래바람무늬

아버지는 TV를 켜 놓고 주무셨다

끄면 영락없이 깨셨다
방송 중인 곳에 돌려놓고 다시 눈을 감으셨다

필요했던 소음

먼 옛일이 어제 일보다 분명한 아버지에게
TV는 필요한 소음을 제공하는 훌륭한 기계였다

재미없는 드라마도 필요했다

방송 끝난 화면의 소음 속에 외계에서 오는 신호가 잡
힌다는 것을 알았을 때

아버지가 별에서 왔다는 걸 알았다

밤하늘 자주 올려다보는 아버지의 버릇
떠나온 고향 어디쯤인지 가늠해 보는 것이었는데

별과의 접선을 시도하는 줄도 모르고
방송 끝난 TV를 자꾸만 껐던 것이었다

나의 모니터는 사막을 그리워한다

반짝이는 커서가
나의 기록들을 지운다

화면 속의 점멸등은
직진하는 문장의 서행을 요구한다

모래를 녹여 만든 메모리 칩
나는 끊임없이 움직이는 사구(砂丘)로 저장된다

바위 속에 있는 보석들
이집트로 날아가는 새들의 몸속에 이집트가 있듯
낙타 행렬의 좌표 역시 낙타에게 있다

사막이 그리운 빗길에 대하여
사막을 그리워하는 방법으로 물을 싫어하는 고양이에
대하여

캣츠 아이가 빛나는 밤거리를 걷다 보면
고운 입자로 흘러내리고 있는 당신이 보인다

바람이 사막에 대한 책임이 없듯
사막 또한 나의 기록에 대해 책임이 없다

다만, 모래가 몰려오고 있어
나는 곧 바람에 우는 사막이 될 것이다

밥에서도 모래가 씹히는 나는
춤추는 사막에서 사라지고 있는 나만의 좌표이다

아무도 세 이야기의 관계를 말하지 않는다

회관 앞 노거수에

작은 열매처럼 생긴 그것이

하나씩 매달리기 시작했다 살다 살다 처음 본 것,

어른 주먹만 한 저것이 점점 더 크는 것 같다고 나무 아래 서 있는 노인들이 많아졌다 아무래도 입소문이 열매를 키우는 것 같았다

칠십 리쯤 먼 한적한 시골에 한 화가가 화실을 차렸다

그는 머리 없는 사람만 그렸다 그가 그리는 사람의 머리는 항상 그림 밖에 있었다

굴뚝 같은 목에서 솟구치는 것이 무엇인지 몰라 화실을 자주 비웠다 거실에 걸어 놓을 꽃 그림 한 장 그려 달라던 모친의 청을 들은 척도 안 했다

어느

열대 해안에

바람 부는 해일 쪽으로 기울며 자라는 코코넛 나무가 바다에 열매를 떨어뜨리고 떨어진 열매가 파도를 타고 새로운 땅으로 실려 가고 있었다

섬에 사는 코코넛 나무는 자신만의 생존법을 찾은 것

같았다

제3부

너는 내가 아니니까

버리겠다고 말아 놓은 카펫을 펼쳐 보았다 어린 캥거
루들의 모피를 이어 붙인 배접천이 닳아 해어지고 있었다

종잇장 같은 가죽은 바늘 끝에서 더 벌어졌다 검은꼬
리캥거루의 목덜미에서 붉은목캥거루의 허벅지가 등줄무
늬캥거루의 엉덩이에서 발톱꼬리캥거루의 옆구리가 달아
나고 있었다

신성을 드러내려고 숲캥거루와 토끼캥거루가 이어 붙
인 무의미와 무의미 사이에서 의미인 듯 간신히 버티고
있었다

살아 있을 땐 만져 보지도 못했을 황무지의 육아낭 만
나면 헤어질 때가 왔다 헤어지기 위해 만난 인연들 작별
인사나 제대로 하고서 헤어졌을까

카펫이 되기엔 영 틀려먹은 세계지도 들여다보는 것
보다 버리기 아까운 캥거루 카펫 펼쳐보는 일이 열 배 백
배 나았다

주워 온 돌 하나 때문에

목도리뇌조가 사라진 숲이 온전치 않듯

그 바닷가에서 주워 온 돌 하나 때문에

아담한 해변에 부는 바람이 예전만 못 할 것이다

해변의 길이도 그만큼 줄었을 것이며

몽돌 구르는 소리도 어딘가 좀 헐거워져 있을 것이다

수심 조금 더 깊어지고

수온도 남몰래 떨어졌을 것이다

포구의 작은 불빛은 더 한적해졌을 것이고

이쁜 밤 풍경도 왠지 좀 달라져 있을 것이다

멀리 있는 계단식 논을 미처 오르지 못한 파도 소리

무엇보다 모래 해변이 되는 데 백 년쯤 더 늦어질 것
이다

소금의 언어

알려고 해선 안 되는 것이 있다
티벳 소금 장수 소금 호수에 닿기 사흘 전부터 쓴다는 말

손잡이 국자처럼 생긴 언어는 신의 주방에서 빌려 온 것

몰라야 아는 것과 통한다
그래서 세상엔 알 수 없는 것이 많은 모양이다
도무지 알 수 없는 걸로 족한 것들이 있어 살 수 있는
모양이다

민물에도 살고 바닷물에도 사는 기수어 귀가 왜 뇌 속에
있는지 몰라도 살아 있는 물고기들 몰라도 좋은 것이 있는
모양이다 알면 다치는 것 까닭 없이 엄연한 것

시내버스 손잡이처럼 생긴 단어는 달콤한 과일이라 치자
질투 많은 여신에게 바치게 될 선물

악한 데 쓸까 봐 떼어 버렸다는
부처의 머리 출토된 불상들에게 없던 그 머리라 치자
생각이 많아서 망쳤던 관계들

독수리의 눈은 소금의 언어를 베낀 것이다

높고 높은 설산은 산이 되고 싶었던 바다의 깊고 깊은 소원

아무리 넓은 벌판일지라도 황량한 마음을 채울 순 없었다

모르는 게 아는 것이란 것 정도면 그럭저럭 됐다

화 금 수 목 월 일 토

약속이 아니었다면
아무짝에도 쓸모없을 요일들

일주일은 폐허 위에 남아 있는 신전 기둥

아칸더스 잎사귀가 조각된 코린트식 월요일 내겐 화요
일이어서 네가 사는 집 앞을 맴돌고서도 널 만나지 못했다

불란서 여배우의 커다란 귀걸이처럼 생긴 우리의 수
요일
어려운 숙제였고 떨리던 키스였고 잊지 말라던 목요일
이었다

무개차가 서 있는 선로에서 걸어오고 있던 너는 망치와
워키토키를 들고 오는 월요일 장식 없는 이오니아식 열주
에 기대어 있던

너를 위해
노래의 후렴구로 반복되는 토요일들
무너지려는 하늘에 받쳐 놓은 가로수 같아서

예수병원 뒤뜰에 서 있는 매혈자들의 뒤틀린 행렬

인간의 죽음을 부러워한 신들이 세워 놓은 기둥들 같
아서

애인아,
잊지 말라던 그날 그만 잊어버린 것
아직도 몹시 미안하다

생각다방
산책극장

　백수가 쓴 책 제목만 있고 속은 모두 백지인 책을 읽는
다 재개발 직전의 허름한 단독주택 보증금 100만 원에 월
세 10만 원 찻집도 되고 책방도 되고 극장도 되고 살림집
도 되는 방 한 칸에서 뭐든 다 할 수 있다는 얘기 첫 페이
지에 써 놓은 나가르주나의 귀경게를 오타로 읽었다 끊어
진 것도 아니고 이어진 것도 아니고 같지도 않고 다른 것
도 아니며 오는 것도 아니고 가는 것도 아니라고 말도 안
되는 얘기를 일탈로 바꿔 가며 하루하루 살아가고 있노라
읽었다 조그만 일에 신이 머문다는 얘기 못골역에서 내려
남구보건소를 끼고 돌면 현대이삿짐센터와 대연슈퍼 사
이에 있는 다방 극장 손 지도를 들고 놀러 오라는 사진 속
에 내가 있었다 백수의 실험실에서는 자투리 천을 계속 이
어 붙인 커튼과 길고양이 서른 마리가 있었다 걱정다방 죽
음극장에서 온 편지를 읽어 줄 사람 없는 것도 노 프라브
럼 그곳에 가려고 덜그덕거리는 연식 많은 차를 타고 트
렁크에는 기타와 바이올린을 싣고 달리는 여행자를 읽었
다 물감 묻은 청바지와 올 풀린 모자를 쓰고 햇살 피하지
않아 그을린 피부를 가진 손님 푸른 상추 잎만 먹고 불러
도 노래는 기름진 손님들을 읽었다 옷에서는 땀 냄새가 나
야 하고 접시에 담긴 부드러운 암소 고기는 수채화라는 것

아무래도 그곳에 갈 자격이 없는 사람들을 읽었다 똑똑 떨어지는 물을 모아 한꺼번에 하는 설거지 화장실은 3분 거리의 남구청에 가서 봐야 하는 사람들 카페 뤼미에르 요코의 집에서 보았던 빛이 투과하는 하늘하늘한 체크무늬 커튼을 달고 싶었지만 혼자 살기 좋은 방에서 빨래를 널며 하지메와 통화하는 장면 때문에 같은 영화를 계속 돌려 보는 히요라는 여자를 읽었다 자신의 수다를 녹음하고 책으로 묶는 여자를 사랑할 수 있을지 점점 의심스러워진다는 얘기 오래된 집 냄새와 함께 쿰쿰하게 살고 있는 여자의 커피를 마셔야 할지 영화를 봐야 할지 모르겠어서 예술이 왜 놀이인지 읽었다

마취의 세계

광장 중심에 분수대가 있다
어디로든 갈 수 있다는 광장의 약점

분수대가 고장 났다는 것은 여름에 밝혀져도 충분했다
음악에 맞춰 춤추는 물 쇼가 있을 때까지

잃어버린 감각
깊이 잠들어 있는 정오

교훈 따위 필요 없는 고양이들같이
먹이를 챙겨 주는 여자들 때문에 번성하고 있는 무기력

길을 잃는 것보다 사람을 잃는 게 더 큰 문제였다

젖은 양말 같은 저녁
뜻밖의 여유로 다가오는 이상한 통증

갈 곳이 없었다

어디든 갈 수 있었으나 정작 갈 곳이 없는 광장에 서서

마음을 빼앗길 만큼 아름다워선 안 되는 정원을 생각
했다

꽃차례 같은 방황
자신의 색깔을 결정해 줄 태양을 향해 마음껏 열려 있
었다

울기 위해 동원되는 일곱 개의 감정

*

활짝, 이란 말은 피어 있는 꽃들을 감동시키지 못해요
계절의 비위를 건드릴 뿐이지요
중얼중얼 맺히는 꽃들의 혼잣말을 듣지 못해
봄은 쉽게 오지 않았죠

*

나는 왜 말을 더듬지 않을까

*

밤을 지새울 때 쓰는 연료는 보랏빛 나무토막 새벽이면
나무를 하러 숲으로 갔죠 캄캄한 나무를 다 잘라 볼 순 없
었죠 구하지 못한 장작 빈손으로 돌아올 때가 많았죠 슬프
지도 기쁘지도 않아서 행복하지도 불행하지도 않아서 아
침은 생각 없이 다가왔죠

*

슬픔은 사과를 어떤 식으로 깎는가 아버지에게 배운 방
법대로 처음엔 반으로 쪼개고 다음에 4등분하고 그다음
엔 한 조각씩 껍질을 깎고 씨를 도려낸다 그렇게 말했죠
부끄럽지 않았죠

*

팔꿈치에 귀가
발등에는 손목이 자랐죠 이상한 일은
머리 고기처럼 씹히는 비하에 손을 베는 일이었죠
꿈에 본 칼의 이름은 맹세를 지키는 자였고
잘못 날아가 박힌 증오였죠

*

손을 씻었죠
집도의처럼 손을 씻는군요
절망이 말했죠
내 손이 아니라서요

나도 모르는 손이 날마다 생겼죠

씻을 때마다 더러워지는

난생처음 본 손이 내 손이 될 때까지

라텍스 장갑을 끼고 청소를 했죠

*

한겨울 만주 여행 때

하룻밤 즐겨 볼 여자를 불렀는데

따듯해진 방에 들어서는 여자의 등에 잠든 젖먹이가
있었죠

약속한 돈에 삼만 원 더 얹어 돌려보냈죠

*

느낄 수 없는 간지러움

*

특별하다고 생각하면 특별한 것이다 어느 해인가 첫날

아침에 쓴 메모장이 문득 발견되었죠

　리히텐 슈타인이라는 나라 기념우표를 발행하는 나라
돈세탁이 쉬운 나라 유령의 나라 왕족 말고는 빈부의 차
가 없는 나라에서 살고 싶었죠

                                    *

　낡은 여행 수첩을 한 장씩 찢어 버리다 언젠가 묶게 될
시집의 서문을 보았죠 '내 생애 남은 슬픔과 기쁨은 모두
당신의 것' 유치하다는 말 듣기 딱 좋은 말이었죠 말이란
정말 허무했죠

　세상이 나를 탕진하니 이렇듯 되고 말았죠

접전

쥐가 있어 쥐덫이 있다 쥐덫이 있어 쥐덫을 놓는 그가 있다 잡히지 않는 쥐 때문에 쥐덫은 늘 비어 있다 비어 있는 쥐덫이 있어 언젠가 잡힐지도 모른다고 믿는 그가 있고 그렇게 믿는 그가 있어 비어 있는 덫이 늘 다행인 내가 있다

잡힌 쥐를 내 손으로 처리할 수 없는 나는 그를 부를 것이다 그를 부르기 전에 가진 것을 지키겠다는 서로의 덫에 걸리지 않길 바랐다 쥐덫은 쥐를 잡지 않는다 쥐가 다닐 만한 길목을 아는 그의 경험이 알면서도 빠져드는 유혹이 쥐를 잡는다

잡히지도 않는데 치워 버립시다 갉아 놓은 세숫비누와 떨어뜨린 생선 토막과 곡식 자루에 생긴 또 다른 구멍이 있어 묵살된 청이 있다 그래서 덫을 놓는 쥐가 있고 보란 듯 비어 있어 비어 있으니 됐다고 믿는 내가 있고 우릴 갖고 노는 쥐가 있다

공중 속의 티타임

브라운이 그린 그림은 산토끼와 미치광이 그리고 모자 장수 앨리스와 함께 중력 상황 1그램의 차를 마시며 담소를 나누는 중이다 램프에서 출발한 한 줄기의 빛이 중력의 영향을 받지 못한 채 하늘로 올라간다 중력의 세기가 점점 약해져서 0그램의 상공으로 접근하자 차를 즐기던 주인공들은 공중 속의 티타임을 즐긴다 손 놓은 헬륨 풍선 중력의 세기를 1그램으로 되돌리는 브라운 앨리스와 그녀의 친구들이 하늘에서 비가 되어 내려온다 잠시 동안 그들이 들고 있던 찻잔에서 쏟아진 험담들은 안타깝게도 비가 되지 못했다 모두들 브라운의 중력 놀이를 즐긴다 그 말은 즐기는 사람이 아무도 없다는 말이다 급히 떠올라 옴짝달싹할 수 없게 된 그들은 아직 어지럽다 그래서 브라운의 즐거움은 여전히 그림을 채우지 못한다 치솟을 내용물이 없어진 빈 컵 어디 그뿐인가 중력이 요지경인 나라는 이상한 나라는 정말로 이상한 블랙홀을 만들어 낸다 브라운이 그린 그림 속에는 브라운뿐이어서 실패처럼 보이는 성공을 이루었다

망고 트릭

손바닥 위에 동전이 들어 있는 종이컵을 엎어 놓겠습니다 저의 손놀림만을 지켜봐 주신다면 비둘기가 된 동전을 날려 보겠습니다 한껏 놀란 표정으로 공연 에티켓을 지켜 주신다면

웃고 있는 당신을 모자 쓴 원숭이와 바꿔치기해 드리겠습니다 당황한 원숭이에게는 바나나를 회전 톱에는 전원을 침대에 누워 있는 당신에겐 반 토막 하반신을

공연은 공연이니까 제게서 눈을 떼지 않으신다면 붉은 망토로 당신을 품고 하나, 둘, 셋 카운트로 다시 한 몸이 된 당신을 보여 드리겠습니다 뒤늦게라도 하 하 하 웃어 주신다면

핀 조명 눈부신 무대 중앙에 꽃집 사장이 된 폭력배 용팔이를 모셔 보겠습니다 사는 사람보다 파는 사람이 더 행복하다는 꽃 그의 간증에 조금만 웃어 주신다면 저의 계산된 실수

속지 않을 자신감으로 속아 주는 센스 손을 씻는다는 말

이 다시는 죄를 짓지 않겠다는 말이라 믿어 주신다면 어른
이 된 당신을 어린아이로 돌려놓겠습니다

  그전에 우리 모르는 손끼리 다정한 악수나 한번 하실까
요 무기가 없다는 악수 맞잡은 손을 기쁘게 흔들어 주신다
면 당신의 눈앞에서 우리 모두 사라져 버리는 화려한 무대
를 보여 드리겠습니다

수탉이 사랑하는 밤

수탉이 사랑하는 밤이 올 것이다 저물녘 빈 하늘의 것 황혼은 연인이 죽었을 때 찾아올 것이다 사랑은 그렇게 대단원의 막을 내릴 것이다

모든 일에 실패하기로 한 결심 다짐이 만들어 낸 계획 흥미로웠으나 부질없는 상황 막을 수 없는 감정 따를 수밖에 없는 결정이었다 그러니까 사랑은 결심이란 말에 갇혀 있는 막장이었다

네가 나를 사랑했다는 게 가장 큰 의문이었다

세상이 둥글다는 미친 소리는 오래전에 정설이 되었다 실패를 찾아 뛰어다니는 과학자와 철학자들 그들의 미친 소리가 나의 든든한 힘이었다

아침과 저녁은 밤과 새벽은 자연스럽게 서로를 떠넘겼다 우리가 허물을 서로에게 떠넘기듯 자연스러운 일이었다 실패를 위해 여러 가지 가능성을 열어 놓은 최선

나의 최선은 나를 믿지 않는 눈치였다 짝사랑의 미친

용기만이 혼자만의 힘으로 어딘가에 미치고 있었다 개들
의 아침을 기다리면서

●수탉이 사랑하는 밤이 올 것이다: 키냐르.

서른 번쯤 들은 이야기

그놈 항구마다 색시 만들어 놓은 건 저도 알고 나도 아는 비밀이지 내 입 틀어막잔 건 아닐 거고 불알친구 잘잘 못 따지는 놈 없으니 색싯집에 데려가 내 돈 주고 못 사 먹을 양주 얻어먹곤 했지 양잿물도 아니고 술 여자 싫다는 놈 있다던가 아가씨들 가슴팍에 찔러 준 그놈 지폐 덕도 좀 보고 돈 자랑 옷 자랑 그 정도 거들먹은 참아 줄 수 있었지 그러나 세상 공짜 있다던가 그놈 지 마누라한테 나 팔고 바람 솔솔 피우고 다녔더라니깐 눈감아 주는 것도 한두 번이지 바람 잘 날 없더란 말이지 한 날은 꼭두새벽에 초인종 소리가 들려 현관문 열었더니 그놈 마누라 삿대질이 들어오더라고 아차 싶었지 전라도 말로 좀 거시기하더라고 멱살 곧 잡히겠구나 싶었지 어딨는지 불라고 눈 부라려도 알아야 불지 그 연놈 잡아 다 같이 죽어 보자는데 식은땀이 나더라고 남도 아니고 친구 가정 파탄 나는 거 거들 순 없잖은가 그놈 술 다시 얻어먹으면 내 당신 자식이요 알게 되면 이실직고하리다 지키지 못할 말 싹싹 빌었다니께 지 죄 나눠 쓴 거 가끔 거시기해도 늙어 술 한잔 나누며 살자는데 술술 나발 불순 없잖은가 다 늙은 홀아비 챙기는 건 그놈밖에 없는데

감동적인 밤

1

세상의 모든 식당들이 저녁을 짓는 시간에 팔순 기념 콘서트가 시작되었다 첫 곡 내 마음의 강물을 부르기 시작한 늙은 성악가의 입에 영양의 가느다란 발목이 마저 빨려 들어가고 있었다 비틀리는 턱관절을 바로잡으려는 뱀의 아가리 때문에 두 눈 지그시 감고 가슴에 가만히 올려놓은 두 손을 보지 못했다

흐느끼는 비명

수많은 날은 떠나갔어도 두 갈래 세 갈래 찢어지는 가사 역시 끝없이 흘렀다 그날 그땐 지금은 없어도 흘렀다 저 멀리 구름 두둥실 떠나고 된서리 자욱마다 아파도 흘렀다 우리들은 흐르는 강물 한 곡을 소화해 내고 있는 그가 몹시 자랑스러웠다

갈라진 혀, 검은 턱시도
공연장의 천장을 향하여 양팔을 펼쳐 보였을 때
우리들의 박수 소리는 영양의 뼛조각들을 토해 내고 있

는 얼굴을 감추기에 충분했다

2

늙은 성악가에 대한 불순한 생각은 중학교 음악 선생의
좋지 않은 추억에서 시작되었다 이태리에서 성악을 전공
했다는 그는 시골 학교에 발령을 받은 것이 마뜩지 않았
다 수업 시간마다 취하지 않은 척 술에 취해 들어왔다 하
루는 내 마음의 강물을 부르다 말고 느닷없이 내 짝꿍을
불러내어 따귀부터 올렸다 이 곡은 스파게티처럼 입에 착
착 달라붙는단 말이야 유학 시절의 나를 달래 준 곡이거
든 그런데 너는 사타구니에 손 넣고 뭘 하고 있었던 거야
감상하는 태도가 불량하다고 맞아야 정신을 차린다고 했
다 우린 모두 책상 위에 손을 올려놓고 강물처럼 흐르는
그의 마음을 감상했다

3

떨림,
사랑은 빗소리와 진동수가 같았다

그날 공연장에 내리고 있던 빗소리만 음악에 가까웠다
위대한 연주에 많이 들어가 있다는 B$^\sharp$의 공명이 추억을
찢어발길 수도 있다는 걸 그때 알았다

제4부

맨드라미

암탉 지키려다
개에게 물려 죽은 수탉
살집 좋은 암컷을 네 마리나 거느리고 있다

감추지 못한 화관
숨어 있어 더 잘 보인다

자리 옮겨 그곳,
그것, 이 가진 시간만큼 머물다 돌아오라

시들지도 않고
다시 피지도 않는 한해살이풀
그 앞에 쭈그리고 앉아

다른 생으로 가기 전의 생끼리
말이나 트자고 수작 걸어 본다

철학적 홍등가

천변 길 확장되면서 어묵 공장 없어지자
뒷골목 색싯집들이 큰길에 드러났다

하얀에서 온 화냥
타지에서 온 환향
아무개의 첩 화랑

포주 겸 색시 이젠 제법 늙어
지나가는 사내 손님인지 아닌지 멀리서도 척 보면 알
았다

목숨보다 눈부신 것 없다

죽도록 살아야 한다

아무 데서나 잘 크는 붓꽃같이
보살피지 않아 더 환한 제라늄같이

어떤 일을 이루고 나서 대책 없이 슬퍼질지라도

들어가 쉬고 싶은 쪽방 한 칸

궁금한 것도 아름다운 것도 없이 가슴은 뛰어

생각 밖에 서 있는 어묵 공장 다시 한 번 허물어 본다

죽은 토끼 빌려 오기

천으로 토끼를 꿰맨다
창조주도 이런 마음이었을 것이다

오려 놓은 발바닥이
열려 있는 다리에서 남거나 모자라지 않게
늘어나는 천을 달래 가며 박음질한다

시침이 꽂혀 있는 발꿈치까지
밑그림의 앞뒤를 맞추니
천 조각들이 토끼에 가까워진다

바닥에 끌리는 귀
둥근 머리에 남겨 놓은 두 개의 구멍에서 웃자란 귀
뒤집어 꿰맨 땀

내리막길에서 구실 못 하는 앞다리가 가장 큰 매력이다

멀리 있는 사냥꾼의 발자국 소리를 듣는 귀가 완성되면
사랑이 나눌 수 없는 것이란 걸 알게 될 것이다

처음으로 무언가를 알게 된 소년처럼 울었다고
울어도 울고도 소용없게 자꾸 울어서 결국 행복했다고

무슨 말을 해도 다 말할 수 없겠다고
그 한마디 들려주려고 토끼의 귀가 자꾸만 길어진다

반투명 실이 지나간 저녁 두 시간
아주 긴 토끼의 귀가 물고 늘어진다

미완성 나라의 국어 선생님

모르는 사람이 찾아와 빌려 달라던 송곳 빌려 주고 돌려받지 못해 들었다는 등신 등신이 가슴을 찌른다던 그가 당신을 만나는 데 60년이 걸렸소 눈인사 두어 번 나눈 게 전부인 그가 아네모네의 대지 이곳 저곳 그곳 밤하늘에 좀이 슬었다고 순모 스웨터보다 혼 구멍이 더 많다고 내가 꼭 건빵 속 별사탕 같다던 그가

시(詩)는 파리나 벌이 써야겠어 노란달맞이의 꿀이 어디 있는지 복안(複眼)은 알거든 괴로운 건 욕심 그래서 자신을 괴롭히지 않기로 한 그가 시를 쓰지 않기로 한 뒤로 더욱 단순해졌다고 상처받은 사람의 마음이 가장 읽기 쉬웠다고 그러나 내 마음은 읽지 말라던 그가

새벽 창문 앞으로 지나쳐 간다는 흑백의 정거장 어둠에 골몰했던 당신이라면 좋은 충고들을 해 주었을 텐데 아쉬운 작별 인사에 대해 자세히 알아서 좋을 것 없다던 그가 말도 없이 곤충채집하러 떠돌아다닌 그가 사랑을 갈구하며 가슴속에 바윗덩어리만 한 고독을 숨긴 채 살아가던 그가

우리는 삶에 봉사하는 수단일 뿐이라고 가장 뛰어난 시도 자신이 가진 것 이상을 제공하지 못한다고 욕망이라는 유일한 열쇠만이 삶의 자물쇠를 열 수 있다고 인간을 알아야 모든 걸 알 수 있다고 말하던 그가 우린 모두 무엇이 되어 가고 있다고 말한 그가

도서관 가는 길

이동식 옷장의 커다란 ㄱ자 지퍼를 열고 들어간다 가로막는 옷들을 밀치며

공사장 컨테이너 박스에서 나와 걷고 또 걷는다 타박타박 기계적으로 대형 플라스틱 쓰레기통 뚜껑을 열고 나온다 버려진 것들의 평화가 담겨 있는 비닐봉지를 밟으며

공사 중인 맨홀 구멍의 사다리를 타고 내려간다 이슬람 사원 옆 터키식 레스토랑 주방으로 나오는 뒷모습으로 높은 옹벽을 세운 골목으로 걸음걸음

건강원 앞에 놓여 있는 알루미늄 찜통을 열고 나온다 나팔꽃이 한창인 청룡초등학교 철책 담장을 지나 옥상이 있는 단독주택을 향하여

난간 없는 계단을 한 걸음씩 오른다 초록색 방수액을 펴바른 옥상이 나타날 때까지 책상 하나 의자 하나 컴퓨터 하나 그 앞에 차렷 자세로 앉아 있는 사서에게

빌린 책들을 반납한다 곧장 돌아서서 왔던 길을 되짚어

온다 이동식 옷장의 커다란 ㄱ자 지퍼를 닫고 나올 때까지

다정한 외면

밀밭에
까마귀 한 마리
거꾸로 매달려 있다

무언가 움켜쥐고 있는
새의 발가락은 음계가 떠오르지 않는
늙은 피아니스트의 가늘고 긴 손가락이었다

새들에게 보내는 경고
슬픈 육체는 신성해서 문자화되지 않았다
비어 있는 마음이 하늘을 닮았다는 말은 틀렸다

나는 더듬게 될 낱말의 대부분을 미리 아는 말더듬이
였고
조금 더 깊게 생각해 보면 스승을 세 번 부인하기로 되
어 있는 바오로였다

화음에 필요한 불협화음
마지막 페이지부터 보아야 한다는 사진첩 속에
검은 양복을 입은 사내들이 무릎을 꿇고 있었다

절망을 이길 수 있는 건 절망뿐
아무 일에나 슬퍼하는 나쁜 버릇은 화과(花果)처럼 달
콤했다

거꾸로 매달려 있는 까마귀 한 마리
까악, 까악 기꺼이 울어 주고 날아가는 밀밭의 소네트
였다

사라예보의 장미

보스니아 검문소에서 버스가 멈추었다

가이드가 입국 허가를 받으러 간 사이에 실탄이 장전되어 있는 총을 든 군인이 버스에 올라탔다 얼굴을 하나씩 훑어보는데 나는 그만 밀입국하려는 자가 되어 일어설 뻔했다

그때 그가 버스를 향해 다가왔다 창문을 두들기며 손에 들고 있는 봉투를 열어 손바람으로 향기를 보여 줬다 새들의 날개 같은 손짓이 무엇보다 향기로워서 말린 월계수 잎을 샀다

눈빛에서 향기가 났다 이마에 맺힌 구슬땀이 멕시코 댄서의 치맛자락에 놓인 스팽글처럼 반짝거렸다 으깬 양귀비 씨앗으로 만든 발칸의 주홍빛 지붕들 가난한 수프에 얹어 줄 향기

사람만이 지을 수 있는 표정, 고단함은 어떤 형용사로도 부족해서 가정부가 되기 위해 떠난 시리아의 아가씨들 고향에 두고 온 사람 내 안에 있다고 아드리아 해협은 푸

르고 또 푸르렀다

 내전의 총성 소리를 들으며 핀 국경의 꽃들 향신료 뿌
린 음식에서 화약 냄새가 나지 않을까 망설였지만 거리에
외벽에 핀 포탄 자국들 그 꽃들이 기억하는 가슴 아픈 향
기를 위하여

 제3국으로 달려가는 바람만 애꿎게 부러워했다

독

그는 으깬 유도화가 담긴 물을 마시고 죽었다

꽃은 단지 자신을 지키고 싶었을 뿐이다

그가 애기똥풀이 많은 고장에서 죄를 지었다면 그는 애
기똥풀로 죽었을 것이다

혼자서는 누구도 해치지 않는다
치사량 높은 뱀이 자신을 죽이지 않듯

꽃이 그를 죽였다 말할 수 있을까

위험은 모든 방해물을 통과해 온다

유도화가 가로수였던 아테네에서 한 철학자가 죽었다

새, 라고 말하면
그때서야 날아오르는 새들같이
신화에 끼워 넣지 못한 이야기 대신 간직하게 된

아름다운 것들에겐 독이 있다

나의 처녀는 이 꽃을 달여 먹고 아이를 지웠다

그림 하나가 말을

한 가닥의 실이 된
코끼리 코끝에 침을 발라
바늘귀를 겨냥한다

흔들리는 구멍 앞에서
보푸라기 끝이 망설인다

실 끝에도 힘이 있어야 한다
코끝을 조금 잘라 다시 시도한다

영원한 건 가질 수 없다
말을 한다는 벽화에 필요한 실루엣

코끼리 등에 원숭이가
원숭이 머리 위에 토끼가
토끼 귀에 새 한 마리가

닿을 듯 말 듯한 곳에 복숭아가
바늘귀를 향해 매달려 있다

가오리

스텔스 무인 정찰기를 보면 가오리는
하늘에 물고기를 번식시키는 종(種)이다

새가 되기 직전의 물고기
없는 듯 움직이는 바닥의 감각으로 난다

오늘 저녁은 찜 요리가 어떨까
분주한 어시장 좌판에 활공하는 무동력 비행

수압을 견디는 데 써 버린 오후의 근육

미끈하게 잘빠진 몸통을 가진 저녁이 온다
가벼운 내리바람이 분다

사바아사나

죽은 자의 자세가 가장 편했다
살아 있어서 해낼 수 없는 요가 자세였다

눈을 감고 호흡을 들여다본다 오토바이가 달려온다 이
내 달아난다 어디선가 화장실 물 내리는 소리 소리가 길
건너 분식집 오뎅 국물 냄새를 비켜 간다 점점 분명해지
고 있는 초침 소리 때문에 여기저기서 벽시계의 벽들이
나타난다

다시 한 번
조용히 눈을 감고
머 리 에 서 발 끝 까 지
바닥을 느낄 수 있도록 온몸을 내려놓는다
목의 힘을 빼고 호흡을 들여다보며
지   나   가   는
소음들이 지나갈 수 있게
가슴을 펴고
양어깨를 늘어뜨린다
손가락   끝의   긴장을
풀고 귀를 닫는다 머리를 비운다

비우기를 잊고 잊는다는 것마저 잊는다
몸을 바닥에 맡겨 버린다
마 음 에 서 모 든 것 을 지 운 다

가장 쉬운 자세가 가장 어려운 이유 우린 서로의 자세
를 봐줄 수 없었다 오늘도 요가 수업은 죽은 듯이 누워 있
는 자세로 마무리되었다

젖무덤

저기 저, 낡아 빠진 브래지어

숲의 젖꽃판 언저리

봉분 한 쌍

숲을 키운다

물길 쪽으로 뻗던 뿌리를 돌려놓는 나무들

어린 가시풀꽃 호박벌 키우고

개옻나무 제일 먼저 가을 물들인다

길 없는 여기저기

목숨이 목숨을 먹여 살린다

실패

가느다란 소리를
칭칭 감아 놓은 것이 새다
지저귈 때마다 점점 작아지는 새는
그렇게 풀리다
마지막 지저귐으로 사라진다

실패의 새로움과 가능성들

남승원(문학평론가)

1.

한 권의 시집이 유통되는 장면을 잠시 멈추고, 확대해 보자. 이 순간에 대체 무엇이 교환되고 있는 것일까. 각종 숫자들이 만들어 내는 통계나 그래프들 속에서만 가치를 발견할 수 있다고 믿는 현실 속에서 시문학이 만들어 내는 언어의 풍경들은 이질적으로만 느껴진다. 인과들이 엉켜서 이루어지는 최소한의 서사에조차 기대지 않는 시 장르 고유의 특징은 교환에 참여하는 사람들 누구에게도 예측이 가능한 결과를 보장하지 않기 때문이다. 따라서, 시라는 장르에 대한 고민과 탐색이 다시 스스로를 구성하는 중요한 부분인 점도 이와 같은 차원에서 이해해 볼 수 있다. 시문학은 쓰고 읽는 행위, 그러니까 시를 매개로 하지 않고도 일상적으로 이루어지는 인간의 기본적인 소통 행위 안에 존재하는 것이 아니라 그것을 넘는 존재론적 의미를 가지고 있는 셈이다.

신정민 시인이 다섯 번째 시집 『저녁은 안녕이란 인사를 하지 않는다』에서 보여 주고 있는 것도 이와 관련되어 있다. 보다 명확하게 말해서 그의 시는 독자에게 특정한 의미를 만들고 전달하는 발신자의 역할에 충실하기보다 의미가 생성되는 과정을 막아 세우고 한 장면의 세부들을 극대화함으로써 기원의 순간들을 향한다. 따라서 독자들 역시 완성된 의미를 파악하고 자신의 경험과 비교해 보는 수신자의 역할에 몸을 맡기기보다 마치 회귀어(回歸魚)처럼 의미가 생성되는 일련의 흐름들을 거슬러 올라가게 된다. 자본의 상징들 안에서 서로의 헛된 기대감을 충족하는 것이 일반적인 교환의 장면이라고 한다면, 이 시집을 읽으면서 우리가 종종 확인하게 되는 것은 바로 그 교환을 가능하게 만드는 상징적 체계 너머의 모습들이다.

사실 신정민 시인에게 이것은 그리 낯설지 않은 모습인데, 첫 시집 『꽃들이 딸꾹』에서의 다음 두 구절을 먼저 유심히 살펴보는 것이 이해에 도움이 될 것 같다.

> 씨앗을 품고 붉어지기 시작한 곳에서
> 사과는 썩기 시작한다
> 썩고 있는 체온으로 벌레를 키워
> 몸 밖으로의 비행을 꿈꾼다
> 온 힘을 다해 썩은 사과는
> 비로소 사과가 된다
>
> ―「맨 처음」 부분

말이 좋아 삭힌 거고 숙성이지 결국은 조금 상한 것 아니
겠는가
　시들어 꽃답고 늙어 사람답고 막다른 골목이 길답고
　깨어 헛것일 때 꿈답던 꿈

―「홍어」부분

　두 편은 각각 '사과'와 '홍어'를 시적 대상으로 삼고 있는
데 시인이 사물을 보고 있는 시선은 동일하다. 자연물인 사
과가 먹을 수 있는 하나의 유용한 사물이 되는 것을 우리는
익어 가는 과정이라고 말한다. 홍어 역시 마찬가지로 우리
는 숙성을 거친 뒤에야 보다 나은 음식으로 대한다. 하지만
시인이 주목하고 있는 것은 두 사물이 상하거나 썩는 순간
들, 곧 우리가 정해 둔 유용성의 기준을 넘는 순간들이다.
시인은 이를 통해 벌레 먹은 사과가 썩은 모습 그대로 다른
하나의 생명을 잉태하는 다른 가능성을 확인하거나 또는
상한 홍어처럼 자신의 생명을 내놓을 수도 있는 "상한 영
혼"을 가지고 있음으로 사람 역시 진정한 가치를 실현할 수
있는 존재임을 보여 준다. 이처럼 썩은 것이나 상한 것, 그
리고 죽음 등 일상의 영역에서라면 기피되는 것들이 신정
민 시인에게는 처음부터 관심사였던 것이다. 그리고 이를
통해 교환되지 않는 대상 본래의 고유한 영역을 펼쳐 보여
준다. 시를 쓴다는 것이 인간의 결핍이나 근원적인 결함을
드러내는 것 이외에는 아무것도 아니라고 했던 옥타비오
파스의 말이 결국 시장 안에서의 교환을 거부하는 시문학

의 존재론적 숙명에 대한 자각에서 나온 것이라고 한다면, 신정민 시인의 관심 역시 이와 동일한 곳을 향하고 있다.

2.

유용성의 기준으로 인해 탈락된 결핍 또는 훼손에 대한 관심은 앞에서 살펴보았던 것처럼 신정민 시인에게 오래 전부터 이어져 오고 있는데, 특히『저녁은 안녕이란 인사를 하지 않는다』를 구성하고 있는 가장 중요한 부분이다.

불가마 뒤안에 버려진 파편들
깨지기 위해 만들어지는 그릇 중의 으뜸은 사람이었다

불똥이 튈 때
목 긴 화병 옆구리에 작은 찻잔 하나가 날아가 박혔다

실패하지 않는 우연은
성공작을 위해 눈에 잘 띄는 곳에 진열될 것이다

아무도 그려 주지 못한 무늬를 갖기 위해 받들었던 균열들
땀구멍을 통해 투명한 무늬로 빠져나왔다

도공의 손을 빌려 깨지기로 한 그릇들
원하는 꼴이 아닌 사람들이야말로 꼭 필요한 낭비였다
　　　　　　　　　　　　　　　　　　　—「불의 이웃」부분

이 작품에서 배경이 되고 있는 '불가마'는 그릇을 만들기 위한 것인 동시에 남는 열을 이용해 사우나로 운영되면서 그 가치를 전환하고 연장하며 사용되고 있는 공간이다. 시장에 맞춘 가치들을 끊임없이 요구하면서 사회의 말단에 이르기까지 촘촘하게 작용하고 있는 자본의 논리와도 닮아 있는 이 공간은 당연하게도 그것에 맞게 완성된 결말을 요구할 뿐이다. 이때 시인의 눈길을 끄는 것은 "불가마 뒤안에 버려진 파편들"이다. 불가마에서 그릇을 꺼내어 살펴보고 또 그것을 박살 내는 장면은 하나의 완벽한 결실을 추구해 나가기 위한 노력과 또 그것에 필수적으로 동반되는 과감한 희생을 보여 주는 가장 흔하면서도 설득력 있는 상징이다. 하지만 시인은 그 이면에 깨지고 버려진 것들에 주목함으로써 현실적 가치를 구성하는 기준들에 대해 과감한 질문을 던지고 있는 것이다. 어쩌면 진즉에 던졌어야 할 이 질문의 끝에서 우리는 현실에서의 성공이라는 것은 그저 "실패하지 않는 우연"에 불과한 것이며 깨지고 버려진 것들이 사실 "성공작"이라는 가치 전도의 상황을 만나게 된다.

여기서 중요한 것은 기존 인식의 단순한 자리바꿈으로 오해하지 않도록 해야 한다는 점이다. 만일 그렇지 않다면 그것은 현실에서 절대적으로 작용하는 기준에 대한 숙고와 비판이 아니라 결과에 대한 불만에 지나지 않는다고 할 수 있다. 하지만 "깨지기로 한 그릇들"이라는 구절에 드러나 있는 것처럼, 우리는 '성공'의 반대편에 의미의 저울을 수평으로 만드는 적극적인 '실패'의 새로운 영역을 확인하게 된다. '실패가 성공의 어머니'라는, 결국 실패 역시 성공의 알리바이일 때만 가치가 있다고 만들어 둔 현실의 논리를 넘어 누군가가 "원하는 꼴이 아닌 사람들"이 스스로 선택한 실패 그대로 소통하는 세계의 모습과 다르지 않다.

시인의 이 같은 관심을 가능하게 만드는 원동력은 두 가지 측면에서 확인해 볼 수 있는데, 그것은 먼저 자신의 내면에 자리 잡고 있는 욕망의 구조에 대한 명확한 인식이다.

> 만차를 알리는 경고등이 깜박인다
>
> 나선형으로 깊어지는 백화점 주차장에서
> 다시 한 층 아래로 내려간다
>
> 나를 발견하기 좋은 지하
> 어둠이 거칠고 사납다던 말은 모두 옛말이다
>
> (중략)
>
> 시계도 없고 창문도 없는 이곳에서
> 욕망을 위해 돌고 도는 내 죄는 몇 층까지 내려가야 할까
>
> ―「신(新) 지옥도」 부분

역사적 과정에서 자본주의의 등장은 어찌 보면 당연한 일이다. 사람들은 언제나 더 나은 삶의 방식을 원하고 발전

시켜 왔기 때문이다. 문제는 자본주의의 등장 이후 욕망의 주체가 역전되었다는 사실이다. 이전 시기 인간의 욕망이 보편적 인간 개체의 범주를 넘지 않았다고 한다면, 자본주의적 욕망은 인간을 지우고 무한의 범위로 확장된다. 말하자면 자본주의적 현실에서 욕망은 인간과 별개로 작동하는 하나의 원리가 되었으며 발전의 개념과 결부되면 우리 스스로는 절대로 멈출 수 없는 힘이 된 것이다. 이 욕망의 구조를 정확하게 파악했던 사람들은 이미 자본주의의 초창기에 그 소멸을 예상하기도 했다. 욕망이 인간을 지우게 되는 순간이 오면 다시 인간성의 회복을 도모하게 되는 것 또한 역사적으로 당연한 일이라고 생각했기 때문이다. 하지만, 지금 목격하고 있는 것처럼 자본주의적 욕망은 오히려 인간의 자발적인 희생으로 더욱 커져만 가고 있다.

이 작품에서 시인은 백화점의 모습을 제목 그대로 지옥의 풍광으로 그려 내고 있다. 금요일 저녁의 백화점은 예상할 수 있는 것처럼 주차장에서부터 붐비고 있는데, "만차를 알리는 경고등"은 '백화점'에 접근하지 말아야 할 표식이 아니라 오히려 그 속으로 깊이 빠져들 수밖에 없는 필요조건이다. 이처럼 시인에게 백화점이 곧 지옥인 이유는 단순히 자본이 전시되고 소비되는 공간이기 때문이 아니라 어떤 것이든 집어삼키면서 확장하는 욕망의 형태가 그대로 구조화되어 있기 때문이다. 따라서 백화점은 언제나 "우리의 어제를 이해하는 천국"과도 같은 모습으로 욕망을 지속시키고, 어제를 돌이켜 보는 반성적 사고마저 정지시켜 가면서 욕망을 중심으로 재편되는 현실의 모습을 완성한다. 시인은 이처럼 백화점으로 상징되는 공간을 통해 "욕망"으로 이끌려 가는 우리 삶의 모습을 정확하게 보여 주고 있다. 여기서 이 장면들을 한 발 떨어진 곳에서 매개하고 전달하는 것이 아니라, 같은 장면 속에서 속수무책으로 서 있는 시인의 위치를 보다 눈여겨보아야 할 필요가 있다. 앞선 「불의 이웃」에서도 그랬던 것처럼, 신정민 시인은 자신이 현실에서 건져 올린 시적 장면의 바깥에 머무는 것이 아니라 그 안에 속해 있음으로써 바로 지금 현실적인 곤경들을 우리와 같이 겪어 내고 있다.

쥐가 있어 쥐덫이 있다 쥐덫이 있어 쥐덫을 놓는 그가 있다 잡히지 않는 쥐 때문에 쥐덫은 늘 비어 있다 비어 있는 쥐덫이 있어 언젠가 잡힐지도 모른다고 믿는 그가 있고 그렇게 믿는 그가 있어 비어 있는 덫이 늘 다행인 내가 있다

잡힌 쥐를 내 손으로 처리할 수 없는 나는 그를 부를 것이다 그를 부르기 전에 가진 것을 지키겠다는 서로의 덫에 걸리지 않길 바랐다 쥐덫은 쥐를 잡지 않는다 쥐가 다닐 만한 길목을 아는 그의 경험이 알면서도 빠져드는 유혹이 쥐를 잡는다

잡히지도 않는데 치워 버립시다 갈아 놓은 세숫비누와 떨어뜨린 생선 토막과 곡식 자루에 생긴 또 다른 구멍이 있

어 묵살된 청이 있다 그래서 덫을 놓는 쥐가 있고 보란 듯
비어 있어 비어 있으니 됐다고 믿는 내가 있고 우릴 갖고 노
는 쥐가 있다

—「접전」 전문

살펴본 것처럼, 시인은 경험적 사실을 통해 욕망의 구조
를 드러내 보인다. 이 때문에 우리는 '실패'가 바로 그 욕망
에 희생되지 않는 모습이라는 새로운 의미 부여를 할 수 있
게 된 것이다. 이와 더불어 고정된 의미 구조에 대한 비판
적 사고가 나머지 원동력인데, 시집 전반에 걸쳐 작동하는
시인의 가장 보편적인 인식 체계라 할 수 있다. "갉아 놓은
세숫비누" 등으로 인해 '쥐'가 있다는 확신을 갖게 되고, 쥐
를 잡기 위해 '쥐덫'을 놓는 단순하고도 명확한 과정을 진술
하고 있는 이 작품이 이 같은 시인의 인식을 가장 잘 보여
주고 있다.

이 작품에 드러난 전반적인 상황은 객관적 대상들로 맺
어지는 주체와 타자 간의 인과적 관계를 상징하고 있다. 하
지만 실제 작품을 읽어 가다 보면 처음의 예상과는 다르게
관계의 모호한 상황이 이어지면서 현실적인 이해의 지점들
에 도달하지 못하는 곤경에 빠지게 된다. 그것은 가령, '그'
가 '쥐덫'을 가져와서 놓는 것이 아니라 물건으로서의 '쥐덫'
이 행위에 선행함으로써 오히려 행위를 불러일으키고 있다
거나, 행위를 원하는 '나'와 또 그 때문에 행위를 수행하고
자 하는 '그'의 관계가 실제 행위의 결과를 두고는 엇갈려

있기 때문이다. 게다가 작품의 마지막 부분에 이르면 '나'와 '그'가 연관되어 있는 하나의 행위를 가능하게 만드는 '쥐'와의 관계마저 역전되기에 이른다.

요컨대, 갉힌 자국이 있는 '비누'나 '구멍 난 자루' 등으로 인해 확인이 가능한 '쥐', 그것을 잡기 위한 '쥐덫', 그리고 쥐를 잡기 원하는 '나'와 그것을 위해 '쥐덫'을 놓는 '그'는 하나의 행위를 가능하게 만드는 각각의 인과적 요소들이다. 그리고 이것은 대상을 파악한 뒤 일정한 결과를 예측하면서 그 결과를 얻기 위해 정당하다고 생각하는 행위로 이어지는 우리의 인식 체계 작동과 고스란히 겹쳐진다. 하지만 시인은 제목에서부터 선명하게 제시하고 있는 것처럼 현실을 구성하는 요소들 간의 "접전"을 요구하고 있다. 바로 그 "접전"을 통해 우리는 인식을 가능하게 만들어 왔던 관계망들의 구성에 의문을 던지게 되고 나아가 현실의 상징적 체계 전반이 무기력하게 되는 것을 경험하게 된다. 「접전」에서 현실적 의미 소통에 실패한 뒤 우리가 느끼게 되는 일종의 곤경은 정확히 말해서 현실 구성의 원리가 작동되지 않는 새로운 '실패의 영역'이라고 할 수 있다.

3.

신정민 시인이 애써 보여 주는 '실패의 영역'에 대해 오해하지 않도록 주의해야 한다. 앞에서 지적했던 것처럼, 시인이 현실적 논리 안에 흡수되지 않는 것들에 주목하고 있는 이유는 무엇보다도 시문학의 존재론적 의미를 추구하고 있기 때문이다. 표면적으로는 소통의 실패로 보이기도 하지만 소통이 실패로 끝난 바로 그 지점의 또 다른 가능성에 대한 시적 질문을 지속적으로 던지고 있는 셈이다.

도시의 개발에 따라 없어져 버린 "어묵 공장"으로 인해 "뒷골목 색싯집들이 큰길에 드러"난 상황을 그리고 있는 「철학적 홍등가」를 통해 이를 다시 한 번 확인할 수 있다. "색싯집들"은 도시 발전의 알리바이인 동시에 이른바 발전 논리의 실패 영역이다. 지금까지 그것을 가려 왔던 "어묵 공장"이 폐쇄되면서 잠시 도시의 시선 안으로 드러나게 되었지만, 이는 도시의 발전을 가속화하는 논리로 다시 작동될 뿐이다. 하지만 시인은 바로 그곳에서 새로운 가능성을 기어코 발견해 내면서 도시의 확장을 잠시나마 멈춰 세운다. 중요한 것은 마지막 구절에서 "생각 밖에 서 있는 어묵 공장 다시 한 번 허물어 본다"는 시인의 다짐인데, 이는 기존 대상에 새로운 의미를 부여하는 것보다 우리의 현실에 실패의 지점들을 지속적으로 개입시키기 위한 시인의 인식을 강조하기 위한 노력이라고 할 수 있다.

이와 같은 시인의 노력은 「정돈된 과거」나 「육촌」 「밤은 몇 개의 수조를 거쳐 아침이 되는가」 등의 작품에서처럼 시를 쓰는 자신의 모습에 대한 기원을 추적해 나가는 데에 몰두하게도 만든다. 이 작품들에서 그는 "자신이 버린 것에서 살아갈 자양분을 얻는 숲"(「육촌」)에 관심을 기울이면서 죽음과 하나로 연결되어 있는 탄생의 순간으로 거슬러 올라간다. 또는 「주워 온 돌 하나 때문에」에서 보여 주고 있는 것처럼, 지구상 모든 생명체들이 연관되어 있는 기원의 관계망에 대한 성찰로도 이어진다. 말하자면 시인은 현재 자신의 모습에 탄생과 죽음을 동시에 연결해 둠으로써 현실을 지탱해 가는 논리의 인과에서 과감히 빠져나오고자 하는 것이다.

아버지는 TV를 켜 놓고 주무셨다

끄면 영락없이 깨셨다
방송 중인 곳에 돌려놓고 다시 눈을 감으셨다

필요했던 소음

먼 옛일이 어제 일보다 분명한 아버지에게
TV는 필요한 소음을 제공하는 훌륭한 기계였다

재미없는 드라마도 필요했다

방송 끝난 화면의 소음 속에 외계에서 오는 신호가 잡힌
다는 것을 알았을 때

아버지가 별에서 왔다는 걸 알았다

밤하늘 자주 올려다보는 아버지의 버릇

떠나온 고향 어디쯤인지 가늠해 보는 것이었는데

별과의 접선을 시도하는 줄도 모르고
방송 끝난 TV를 자꾸만 껐던 것이었다
— 「모래바람무늬」 전문

현실의 논리에서 빠져나와 시인이 발견해 낸 실패의 지점들은 이 작품에서 보여 주고 있는 것처럼 더없이 아름다운 소통의 장면을 우리에게 선사한다. 코미디의 한 장면으로도 많이 재현되곤 하는 이 시적 상황은 일생을 열심히 살았음에도 불구하고 정작 가족과의 소통은 단절되어 버린 '아버지'들의 실패의 풍경이다. 보지 않으면서도 목적 없이 항상 틀어 놓은 채 꺼지지 않는 TV, 그것을 이해할 수 없어 아버지가 눈을 감기만 하면 끄고야 마는 다른 가족들. 왜 TV를 켜 놓는지 한 번도 묻지 않는 가족들과, 또 그 같은 자신의 행위를 다른 가족에게 설명할 필요도 느끼지 못하는 아버지 간에 벌어지는 풍경은 그대로 소통의 실패를 희극적으로 보여 준다.

TV를 둘러싼 인과에만 신경을 쓰게 되면서 오히려 가족 간에 단절이 생긴 이 실패의 상황에서 "TV는 필요한 소음을 제공하는 훌륭한 기계"라는, 실패를 만들어 낸 바로 그 이유 자체에 집중해 보자. 그 순간 '아버지'에게는 "재미없는 드라마도 필요"하다는 것을 알게 된다. 그리고 보지 않는 TV를, 심지어 방송이 끝난 이후에도 왜 켜 놓는지 도통

이해할 수 없었던 우리는 그제야 아버지가 끊임없이 "접선을 시도하"고 있었다는 사실 또한 깨닫게 된다.

앞서 몇 차례 언급했던 것처럼 이것을 단순히 새로운 의미의 발견으로 여기지 않도록 여기에서 다시 한 번 강조해 두고 싶다. 그렇지 않다면 우리가 이 작품을 통해 느끼게 되는 아름다움의 근원을 제대로 설명하지 못하는 일이 될 것이기 때문이다. 시인이 분명하게 보여 주고 있듯 이 작품의 아름다움은 단절된 소통을 복원하고 그 문제를 해결했기 때문이 아니라, 소통이 단절된 그 실패의 상황을 그대로 현실 속에 되돌려놓은 데에서 온다. 현실적 의미 구조를 넘어 우리에게 다시 되돌아오게 된 것을 시적 순간이라고 한다면, 이 작품에서 우리가 느끼게 되는 아름다움의 정체는 바로 이와 연관되어 있다.

따라서, 『저녁은 안녕이란 인사를 하지 않는다』에서 신정민 시인이 주목하고 있는 실패의 지점들은 당연히 교환이 불가능한 것들일 수밖에 없다. 예측할 수 있는 결과물의 범주에서 탈락된 것들이며, 더 이상 그 어떤 가치도 발생시키지 않기 때문이다. 그럼에도 시문학이, 그리고 하나의 상품으로서 시집이 교환되고 있는 것은 여전히 이해할 수 없는 일로만 보인다. 하지만 신정민 시인을 따라온 우리가 실패의 지점들에서 어떤 아름다움을 느낄 수 있었다면, 교환이 불가능한 지점에서 그간 우리가 지워 왔던 가치를 되살리는 시문학의 힘을 목격할 수 있을지도 모르겠다. 가치를 넘는 가치, 실패가 새롭게 부여한 가능성을 통해서 말이다.